Mit Hagazussa durch das Jahr

Kirsten Armbruster

Mit Hagazussa durch das Jahr

Eine Magische
Hexengeschichte für
Groß und Klein

Bibliografische Information der Deutschen Nationalbibliothek:
Die Deutsche Nationalbibliothek verzeichnet diese Publikation in der Deutschen Nationalbibliografie; detaillierte bibliografische Daten sind im Internet über http://dnb.d-nb.de abrufbar.

Herstellung und Verlag:
BoD - Books on Demand, Norderstedt
ISBN 978-3-7347-7220-7

Inhalt

Leben im Rosen-
heckenapfelgarten

Hagazussa wohnte in einem
bunten Haus am Waldrand
auf dem bei Mondenschein
Sterne glitzerten. Deshalb hieß
das Haus auch: Sternenlicht im
Mondenschein.

Das Haus Sternenlicht im Mondenschein lag inmitten eines großen Apfelgartens, der wiederum
von einer hohen Rosenhecke um-
geben war. Das Haus mit seinem
Rosenheckenapfelgarten gehörte
zum Dorf Segensreich. Und in
dem Dorf Segensreich hieß es,
Hagazussas Haus und der Rosenheckenapfelgarten sei ein magi-
scher Ort. Die Menschen spür-
ten, dass Hagazussa dem Ort gut
tat. Und so wurde Hagazussa von

jedem freundlich gegrüßt, wenn sie im Ort Einkäufe erledigte. Oder man winkte ihr zu, wenn sie mit ihrem violetten Auto durch das Dorf tuckerte. Ja, es ging sogar so weit, dass die Menschen immer häufiger den Rat von Hagazussa suchten, wenn sie krank waren, oder ein anderes Problem sie bedrückte, oder aber sie kamen auch einfach vorbei, wenn sie Gemeinschaft suchten.

Auch in den Dörfern ringsherum war man sich immer mehr einig, dass das Dorf Segensreich seinen Namen, seitdem Hagazussa in das einst verwunschene Haus eingezogen war, zu Recht verdiente. Die Menschen in Segensreich waren fröhlicher, zufriedener und freundlicher zueinander als anderswo. Viele Dörfer wünschten sich nun auch eine Weise Frau in ihrer Mitte.

Niemand wusste so recht, woher Hagazussa eigentlich stammte. Eines Tages war sie in das alte Haus in dem völlig überwucherten Garten eingezogen, hatte gewerkelt, gemalt und in ihrem Garten gearbeitet. Nach und nach war ein anderer Geist in den Rosenapfelgarten eingezogen und nicht nur das Haus selbst erstrahlte in neuen Farben. Auch die Blumen und Bäume richteten sich auf zu neuem Leben. Die Vögel bauten wieder ihre Nester in der Hecke. Die Igel suchten dort ihr Winterquartier, und oft sah man Blindschleichen, Ringelnattern und Eidechsen ihres Weges huschen. Frösche und Kröten kehrten zu ihrem alten Laichplatz am Holleteich zurück. Spinnen woben ihre hauchzarten Netze und Käfer schillerten in den schönsten Farben.

Vor Jahren hatte dieses Haus ein griesgrämiger Mann bewohnt, dessen betrunkenes Gejohle in Verbindung mit Verwünschungen und Flüchen des Nachts oft bis ins Dorf zu hören gewesen war. Irgendwann war diesem Gejohle eine eigenartige Stille gefolgt. Nach einiger Zeit hatten ein paar DorfbewohnerInnen den Mut gefasst und sich auf das Grundstück begeben. Dort fanden sie den Mann tot, ertrunken im Holleteich. Nach vielen Jahren in denen niemand gewagt hatte, das verwunschene Stück Land zu betreten, war auf einmal, wie aus heiterem Himmel, Hagazussa aufgetaucht.

Da nun niemand so recht wusste, woher Hagazussa eigentlich kam, begann man irgendwann zu munkeln, Hagazussa sei, auch weil sie so klein sei, eine vom verschwundenen Kleinen Volk. Einst war dieses Volk weit verbreitet gewesen und hatte mit seinem Alten Wissen Mutter Erde geehrt und den Menschen viel Heilung geschenkt.

Da aber die Hexenverfolger im Mittelalter sehr neidisch auf dieses Alte Wissen waren, hatten sie das Kleine Volk immer erbarmungsloser verfolgt. So zog es sich in die tiefen Wälder und Berge zurück. Als es aber auch dort nicht mehr sicher war, zog sich das kleine Volk in einem langen Zug in die Höhlen der göttlichen Mutter zurück, welche die Menschen schon in der Alten Steinzeit verehrt hatten, weil sie immer für sie Sorge getragen hatte. In Märchen erzählten sich die Menschen über lange Zeit die Geschichte vom Auszug des Kleinen Volkes. Und es hieß, das

Kleine Volk warte nun im Höhlenreich von Gott der MUTTER
darauf, irgendwann aus den Tiefen auf die Erde zurückkehren
zu können. Passieren würde dies,
so erzählten die alten Weissagun-
gen, wenn sich genug Menschen
wieder nach diesem Alten Wissen
sehnen würden. War Hagazussa
also eine vom verschwundenen
Kleinen Volk, welche die Hegen-
de noch aus uralten Zeiten kannte? Niemand konnte diese Frage
beantworten, aber es war immer-
hin möglich.

Frühlingserwachen

Imbolc
Im Bauch von Mutter Erde

Hagazussa wohnte nicht allein im Haus Sternenlicht im Mondenschein. Mit ihr lebten dort die weiß-rot-schwarze Katze Chiara und der Rabe Schwarz-wie-die-Nacht.

„Ist das nicht ein wunderbarer Morgen"? So begrüßte Hagazussa ihre dreifarbige Katze Chiara, den Raben Schwarz-wie-die-Nacht und die Sonne, die freundlich durchs Fenster guckte, an einem strahlenden Frühlingsmorgen. Chiara war morgens noch ein wenig mundfaul und öffnete, noch ganz schläfrig, nur ein Auge. Doch Schwarz-wie-die-Nacht krächzte ein Gutenmorgenlied,

leider aber so falsch, dass Hagazussa sich die Ohren zuhalten
musste. Der Schnee vom Winter
war verschwunden. Schneeglöck-
chen und Krokusse hatten sich
aus der dunkel glänzenden Erde
herausgetraut und bildeten bunte Tupfer unter den Bäumen im
Garten. Plötzlich summte es auf-
geregt vor der Tür und, als Hagazussa die Tür öffnete, taumelte
eine junge Biene in merkwürdigen
Schwüngen um Hagazussas Nase.

„Ich heiße Nicolette. Ich bin in
den Honigtopf gefallen, weil ich
unbedingt vom süßen Honig na-
schen wollte. Jetzt sind meine
Flügel ganz verklebt. Und nun
kann ich nicht mehr richtig fliegen. Kannst du mir nicht helfen,
Hagazussa"?, rief Nicolette ganz
atemlos, mit einer Stimme, die vor
Aufregung ganz piepsig war. Hagazussa besah sich das Dilemma.

Dann ging sie zu ihrem Wandregal, das von oben bis unten mit verschiedensten Flaschen gefüllt war und holte ein Fläschchen herunter, das ganz zart nach Veilchen duftete.

Hagazussa wies Nicolette an, sich auf ihren Zeigefinger zu setzen und betupfte mit einem weichen Tuch, das mit der Veilchentinktur getränkt war, deren Flügel. Nicolette streckte sich ein paar Mal kräftig und flog dann mit elegantem Schwung einmal um Chiara herum, die sich nun entschlossen hatte, auch ihr anderes Auge zu öffnen. „Danke, Hagazussa! Im Sommer werde ich dir von unserem Honig bringen, weil du mir geholfen hast." Und schwupp die wupp flog Nicolette aus der Tür, dem sonnigen Morgen entgegen.

„Wollen wir nicht einen Frühlingsausflug machen zu der alten Eiche mitten im Wald?", fragte Hagazussa ihre Katze Chiara und den Raben Schwarz-wie-die-Nacht. „Ich muss nur noch ein paar e-mails checken, dann könnten wir losziehen!"

Chiara, die gerade ihre Morgenmilch aufgeschleckt hatte, streckte ihre vier Pfoten durch. Das hieß: Ich bin zu allen Schandtaten bereit. Und Schwarz-wie-die-Nacht setzte sich sogleich seinen Strohhut auf und band sich sein rotes Halstuch um. Hagazussa packte ein wenig Hirsebrei, der vom Frühstück übrig geblieben war und die Fliegenpilzflugsalbe in ihren Rucksack. Und los gings, direkt in den Wald hinein.

Nach einer ganzen Weile bogen sie vom Weg ab und liefen auf Moosteppichen bis zu einer Lichtung. Dort stand sie, die jahrhundertealte Eiche und reckte ihre noch fast kahlen Äste dem Himmel entgegen. „Sei gegrüßt, ehrwürdige Baumahnin", riefen die drei Ankömmlinge im Chor.

Ein Eichhörnchen, das oben im Baum saß und an einer Eichel knabberte, hielt etwas erschrocken in seiner Bewegung inne, doch als es die drei erkannte, fraß es in aller Seelenruhe weiter. Hagazussa umarmte ihre Freundin, die alte Eiche, herzlich und diese begann sich ganz leicht zu wiegen, als Zeichen ihrer Freude über den netten Besuch. „Seid gegrüßt, Hagazussa, Chiara und Schwarz-wie-die-Nacht. Welche Freude euch mal wieder zu sehen!"

Schon längere Zeit hatten die vier sich nicht gesehen und so gab es ein emsiges Getuschel bis alle Neuigkeiten der letzten Monate ausgetauscht waren, das Ganze nur hin und wieder unterbrochen von einem tiefkehligen Lachen der Eiche, die sich sichtlich über die großen und kleinen Problemchen im Menschenland amüsierte.

Da die Eiche schon sehr alt war, hatte sie ein weitverzweigtes Wurzelwerk ausgebildet, in dem die Waldfeen ihr Quartier bezogen hatten. Nun, durch die wärmenden Sonnenstrahlen und die vielen Geräusche angezogen, kam eine nach der anderen aus der knorrigen Wurzeltür heraus. Die Buchenfee, die Eichenfee, die Haselfee, die Tannenfee, die Fichtenfee, die Kiefernfee, die Lärchenfee, die Weißdornfee und die Rotdornfee teilten sich die Wohnung unter der alten Baumahnin.

Die Waldfeen waren die Schutzgeister der Bäume, die sich in dieser Waldgemeinschaft zusammengefunden hatten und nun versammelten sie sich, um die Gäste zu begrüßen.

„Wir haben euch von unserem Hirsebrei mitgebracht!", begann Hagazussa. „Es ist doch eines von euren Lieblingsspeisen. Das haben wir natürlich nicht vergessen." „Dürfen wir euch zu einem Bucheckernkaffe in unsere Wohnung einladen"? , fragte die Weißdornfee die Gäste. „Dann können wir zusammen essen und trinken." „Gerne nehmen wir eure Einladung an", antwortete Hagazussa. Hierbei holte sie die Fliegenpilzflugsalbe aus ihrem Rucksack, rieb sich damit die Nase ein und tat dies ebenso bei Chiara. Der Rabe Schwarz-wie-die-Nacht steckte seinen Schnabel in die Salbe und es dauerte nur wenige Minuten und alle drei schrumpften auf Fingergröße, denn sonst hätten sie ja nicht in die winzige Waldfeenwohnung im Bauch von Mutter Erde hineingepasst.

Drinnen in der Mutterhöhle befand sich ein gemütlicher Wohnraum, in dem eine Kanne Bucheckernkaffee auf einem bulligen Ofen dampfte. Nach dem Essen holten die Waldfeen allerlei Instrumente aus feinen Spinnweben und begannen aufzuspielen. Chiara, die diese Musik über alles liebte, fing an zu tanzen, indem sie sich rund um ihren Schwanz in wilden Pirouetten drehte. Ein Tanz, zu dem nur Katzen fähig sind!

Schwarz-wie-die-Nacht hüpfte im Takt auf einem Bein und alle übrigen fassten sich an der Hand und begannen mit einem Kreistanz. Oben fing der ganze Wald an, zu rauschen, denn die feinen Töne der Spinnwebeninstrumente drangen bis dort hinauf.

Nachdem alle sich nach Herzenslust bewegt hatten, war es für die Gäste Zeit für den Heimweg. Da die Fliegenpilzflugsalbe noch wirkte, waren sie selbst zu dritt so leicht, dass sie sich ganz dicht auf ein Eichenblatt drängen konnten und der Wind, der von der Eichenbaumahnin herbeigerufen worden war, brauchte nur ein wenig zu pusten und schon erhob sich das Blatt und segelte durch die Lüfte. Ganz sanft landeten sie auf dem Schornstein ihres Sternenlicht im Monden-

scheinhauses im Rosenheckenapfelgarten.

Sobald sie wieder festen Erdbo-
den unter den Füßen hatten,
nahmen alle drei ihre normale
Körpergröße an. Jetzt merkten
sie auch, dass es sich empfindlich
abgekühlt hatte, nachdem die
Sonne am Horizont versunken
war. Und so zündeten sie sich
noch ein gemütliches Feuer an,
tranken Kräutertee und erzählten von ihren Eindrücken. Auf
einmal fragte der Rabe Schwarz-
wie-die-Nacht Hagazussa: „Woher
kommt eigentlich dein Name, Hagazussa? „Er kommt mir so fremd
und gleichzeitig so vertraut vor".

„Hagazussa ist ein uralter He-
xenname", antwortete Hagazussa.
Er bedeutet Zaunreiterin und er
steht für die Magische Wandlerin
der Welten."

„Früher", fuhr sie gedankenversunken fort, „in der Alten Steinzeit, als es auch in Europa die Religion der hegenden und für uns Sorge tragenden göttlichen Mutter gab, gab es viele von uns. Heute hingegen gibt es nur wenige Menschen, die noch wissen, dass alles mit allem verbunden ist und auch Leben und Tod mütterlich verbunden zusammengehören. Aber die Erde ist eine gütige Mutter und so wird sie den Menschen auch nach und nach wieder das Alte Wissen über die Natürliche Mütterordnung und den Kreis des Lebens schenken."

Hagazussa hatte sich bei diesen Worten ans Fenster gestellt und - hinausblickend, schien sie in eine ganz andere Welt einzutauchen. So aufmerksam lauschend schien Hagazussa in dieser anderen Welt zu versinken, dass weder Chiara noch Schwarz-wie-die-Nacht es wagten, sie dabei zu stören.

Ganz offensichtlich forderte etwas Wichtiges Hagazussas ganze Aufmerksamkeit, denn ihre Lippen bewegten sich, als schicke sie eine Botschaft in diese andere Welt hinaus. Im Haus Sternenlicht im Mondenschein war jedoch für Chiara und Schwarz-wie-die-Nacht nur ein unverständliches Murmeln zu hören. Hagazussa hütete also offensicht-lich ein Geheimnis!

O-stern

Fest der Sternengöttin Ostara
Der Hoppel-Popeline-Clan
braucht ein zauberhaftes Osterhasenhaus

Der Frühling war zwar weiter fortgeschritten. Aber eines Tages blies doch noch ein eisiger Nordwind heulend um das bunte Haus von Hagazussa, als wolle er die Kälte des Winters noch einmal zurückholen.

Die Fensterläden an der Rückseite des Hauses klapperten und so überhörte Hagazussa zuerst das zaghafte Klopfen an der Tür. Doch Chiara erhob sich von ihrem warmen Platz am Kamin und ging mit erhobenem Schwanz in Richtung Haustür. Hagazussa folgte ihr und durch die achtzackige, sternenförmige Scheibe in der Haustür konnte sie zwei spitze Ohren erkennen. Die Hasenmama Hoppel-Poppeline stand mit ihrem ganzen Clan vor der Tür. Und alle wirkten ziemlich durchgefroren.

Hoppel-Poppeline lispelte ein wenig, weil einer ihrer großen Mohrrübenknabberzähne beim Sprechen im Weg war, und so konnte Hagazussa erst nicht richtig verstehen, was Hoppel-Poppeline und ihr Clan von ihnen wollte.

„Kommt doch erst mal herein", lud sie den Hasenclan ein. „Gerade haben wir eine feine Brennesselsuppe gekocht. Die wird euch sicherlich schmecken." Hierbei holte sie aus dem Küchenschrank neun kleine Schüsselchen und füllte jedem etwas von der heißen Suppe hinein.

„Was ist euer Anliegen?", fragte Hagazussa, nachdem sich alle ein wenig aufgewärmt hatten.

„Ein Jäger hat uns aus unserem Haus am Waldrand vertrieben", empörte sich Hoppel-Poppeline. „Wir wären fast nicht mit heiler Haut davongekommen. Nur die wichtigsten Ostereierfarben und Pinsel konnten wir bei unserer Flucht gerade noch mitnehmen. Dabei sind wir mitten in den Vorbereitungen für das große Ostereiermalen, das wir immer zur Frühjahrstagundnachtgleiche beginnen, damit die Kinder zum Fest der Sternengöttin Ostara ihre Osternester mit den bunten Eiern suchen können", erklärte sie weiter.

„Den Menschen ist auch gar nichts mehr heilig! Jetzt vertreiben sie schon die Osterhasen", fügte Hoppel-Poppeline bedrückt hinzu. Eine Träne blitzte in ihren Augen, als sie an ihr schönes Osterhasenhaus am Waldrand dachte, zu dem sie nun nicht mehr zurückkehren konnten. Und bei ihren Worten entfuhr dem jüngsten Sprössling von Hoppel-Poppeline, dem kleinen Peterle, der sich bisher hinter dem Rücken seiner Mutter versteckt hatte, ein Schluchzer, der aus tiefster Seele zu kommen schien, hatte er doch sein bisheriges Zuhause verloren.

Der Rabe Schwarz-wie-die-Nacht hatte mit schief gelegtem Kopf der traurigen Geschichte des Hoppel-Poppeline-Clans gelauscht. Nun flog er auf die Schulter von Hagazussa und flüsterte ihr etwas ins Ohr. Dabei wies er mit dem Schnabel auf das dicke rote Zauberbuch, das auf dem Küchenregal stand. Hagazussa dachte einen Moment nach. Dann jedoch tröstete sie den Osterhasenclan, der bei ihnen gelandet war, um Schutz zu suchen.

„Macht euch keine Sorgen", sagte sie beschwichtigend. „In der nächsten Vollmondnacht, wenn das Sternenbild der großen Bärin mit ihrem Wagen hoch am Frühjahrshimmel steht, werde ich in meinem Kessel einen Kräutertrank brauen und euch damit ein schönes neues Osterhasenhaus zaubern. In unserem Rosenheckenapfelgarten ist genug Platz für euch alle und kein Jäger wird sich hierher verirren, um euch zu schaden. Ich denke, die Menschenkinder werden auch dieses

Jahr bunte Ostereier suchen können, in Vorfreude auf die Fruchtbarkeit der Natur, die sich mit dem Sternenbild der Großen Bärin ankündigt", ergänzte sie schelmisch. „Nun werden wir erst einmal ein Quartier für euch herrichten. Alles andere wird sich finden."

Chiara, die erst etwas skeptisch das Auftauchen des Hasenclans verfolgt hatte, strich nun beruhigend um die Osterhasenkinder, die daraufhin anfingen zu kichern, weil Chiaras Schnurrhaare sie kitzelten. Und auch das kleine Peterle konnte schon wieder lachen, denn er war besonders kitzlig. Der Rabe Schwarz-wie-die-Nacht krächzte dazu in seinen tiefsten Rabentönen ein „Herzlich willkommen". Und so war das Ostenhasen Hoppel-Poppeline Problem vorerst gelöst.

Beim nächsten Vollmond braute Hagazussa in ihrem magischen Kessel, direkt unter dem von Sternen geschmückten, freien Himmelszelt, einen Zaubertrank aus Kräutern. Hagazussa war zwar eine erfahrene Hexe, aber ein rundes Osterhaseneierhaus hatte sie noch nie gezaubert. Und es sollte ja auch ein besonders schönes Osterhaseneierhaus werden! Es brauchte Fenster und eine Tür, es sollte einen Balkon haben und natürlich einen Schornstein. Und es sollte selbst aussehen wie ein buntes Osterei!

Hagazussa hatte die letzten Tage lange in ihrem Zauberbuch studiert, hatte Kräuter und Zaubersprüche gesammelt und Wasser von der nahe gelegenen Quelle geholt. Nun zündete sie, als Frau Mond in ihrer vollrunden Pracht hoch am Himmel stand und den Rosenheckenapfelgarten in ein silbriges Licht tauchte, ein Feuer aus Buchenholz an, fügte dem Feuer aber auch ein paar Zweige Weidenholz zu. Nach und nach warf sie Kräuter in das sich erwärmende Wasser: Blüten des Huflattichs und des Löwenzahns für die Farbe gelb, die Blüten der weißen Taubnessel und des Bärlauchs für die Farbe weiß, Birken- und Brennesselblätter für die Farbe grün, getrocknete Blüten des Rittersporns und des Eisenhuts für die Farbe Blau, die getrockneten Beeren des Sanddorns und der Eberesche für die Farbe Rot.

Als Grundsubstanz fügte sie der Kräutersuppe Erde, Salz und Hafermehl hinzu. Die Schlüsselblumen waren für die Fenster und die Tür, die Ranken des Efeus bildeten das Geflecht des Balkons. Alles musste in der richtigen Reihenfolge zusammengefügt werden. Zum Schluss rief sie die vier Elemente zur Hilfe: die Luft im Osten für eine gute Atmosphäre, das Feuer im Süden für eine wohlige Wärme, das Wasser im Westen als Schutz vor Regen, Eis und Schnee und die Erde im Norden für einen sicheren Stand.

Chiara, Schwarz-wie-die-Nacht, alle des Hoppel-Poppeline-Clans, aber auch viele Tiere aus dem Garten, hatten sich nach anfänglichem Zögern dem brodelnden Kessel immer mehr genähert. Als Hagazussa ihre Zauberei mit dem Spruch „So sei es!", beendete, fielen alle Anwesenden in diesen Spruch mit ein.

Doch nichts passierte, eine, zwei, drei bange Minuten lang. Plötzlich fegte jedoch ein Wirbelwind durch den Rosenheckenapfelgarten. Ein Blitz, gefolgt von einem kräftigen Donner, der alle zusammenzucken ließ, folgte. Und langsam löste sich wie aus einem Nebel, das schönste Osterhaseneierhaus, das die Welt je gesehen hatte, aus dem Wirbelwind heraus. Es wackelte noch ein bisschen, aber dann stand es fest in einem Winkel des Gartens und war schmuck anzusehen.

Ein großes Jubeln erfüllte die Luft, alle fielen Hagazussa freudestrahlend um den Hals und Hagazussa selbst betrachtete nicht ohne Stolz das Werk der zusammenarbeitenden Elemente.

Frau Mond und die Sterne am Himmelszelt hatten ihre helle Freude beim Anblick der glücklichen Gemeinschaft im Rosenheckenapfelgarten. Fast schien es, als tanzten die Sterne in der Nacht, denn immer wieder blinkte es mal hier, mal da am dunklen Himmelszelt, und das war ja nicht weiter verwunderlich, hatte sich doch schon im Rosenheckenapfelgarten das Alte Wissen wieder herumgesprochen, dass die Sterne die Lichter der AhnInnen waren, die dort oben warteten, zur rechten Zeit im Kreis des Lebens wiedergeboren zu werden.

Gleich am nächsten Morgen zog der Hasenclan von Hoppel-Poppeline in ihr neues Osterhaseneierhaus. Die Zeit drängte, denn die Ostereier mussten zum nahenden Fest der Sternengöttin Ostara fertig sein. Zum Glück hatte sich der Frühling wieder durchgesetzt. Die ersten Apfelbäume blühten und die Forsythien zeigten sich in ihrem gold-

gelb strahlenden Festkleid. Sing-
drosseln, Lerchen, Buchfinken,
Rotkehlchen, Hausrotschwanz,
Zilpzalp und Zaunkönig zeigten
sich im Garten und trällerten ihre
Lieder. Narzissen, Hyazinthen
und Tulpen streckten ihre Blüten
dem Himmel entgegen. Draußen
waren Bänke und Tische aufgebaut und alle BewohnerInnen des
Rosenheckenapfelgartens halfen
beim Gestalten der bunten Ostereier. Selbst die sonst eher scheu-
en Rehe gesellten sich zu den anderen und gaben gar manch
wertvollen Rat. Chiara entpuppte
sich als wahre Künstlerin beim
Ostereier Gestalten und bald war
ihr einst weiß-rot-schwarzes Fell
mit gelben, blauen und grünen
Sprenkeln durchsetzt. Doch dies
tat ihrem Eifer keinen Abbruch.
Rechtzeitig zum Osterfest waren
alle Eier fertig.

Alle aus dem Osterhasenclan brachten die Eier in großen Weidenkörben zu den Familien im Umland. Da die Sonne dieses Jahr ein Einsehen hatte und warm vom Himmel herunterschien, konnten die Kinder die Eier sogar draußen suchen. Das war eine helle Freude! Alle Hoppel-Poppeline-Clan Mitglieder fassten sich nach getaner Arbeit, müde aber glücklich, an den Händen und kehrten in ihr schönes neues Osterhaseneierhaus im Rosenheckenapfelgarten zurück.

Walpurgisnacht

Liebefest der Natur
Das Geheinnis des Waldmutter-
krauts oder:
Wie Wünsche in Erfüllung gehen

In der Zwischenzeit war die Natur voll erwacht. Die Vögel bauten emsig ihre Nester. Der Ruf des Kuckucks war schon frühmorgens am Waldrand zu hören. Nachts ertönte der Gesang der Nachtigall. Die Bäuerinnen und Bauern arbeiteten auf den Feldern. Die Menschen in den Dörfern und auch Hagazussa selbst legten in ihren Gärten die erste Saat des Jahres in die Erde. Der Waldboden war übersät mit den grünen Sternchen des Waldmeisters. Es nahte Walpurgisnacht, das Liebesfest der Natur, das die Fruchtbarkeit auf Erden in ihrer ganzen Fülle explodieren ließ. Nur noch wenige Wochen und die Rosenhecke im Rosenheckenapfelgarten würde in voller Blüte stehen und ihren Duft weit hinaus ins Dorf Segensreich tragen.

Hagazussa war mit Schwarz-wie-die-Nacht auf ihrer Schulter ins Dorf gegangen, um Zutaten für einen Kuchen für das Fest zu besorgen. In der Nacht vor dem ersten Mai, kamen die BewohnerInnen des Dorfes Segensreich in den Rosenheckenapfelgarten. Jede und Jeder brachte zu dem Fest etwas zu Essen mit. Der Apfelbaum im Garten wurde neu mit Wunschbändern geschmückt, es wurden Maienlieder gesungen, eine Apfelsaftwaldmeisterbowle getrunken und um den Apfelbaum mit den bunten Wunschbändern herum getanzt. Walpurgisnacht war ein Fest, das die Liebeskräfte in der Natur und unter den Menschen entfachte, und so war die Vorfreude groß.

Als Hagazussa bei ihrer Einkaufstour am ersten Haus im Dorf Segensreich vorbeikam, drückten sich das Zwillingspärchen Biene und Bohne an der Fensterscheibe gerade die Nase platt. Sie winkten ihr freundlich zu, sobald sie Hagazussa erkannten. Am Marktplatz neben dem Dorfbrunnen, an dem Hagazussa auf ihrem Weg zum letzten Tante Emma Laden im Dorf vorbei musste, standen die drei Bethenschwestern mit sorgenvoller Miene beisammen und waren in ein Gespräch vertieft. Hagazussa wollte im ersten Moment freundlich grüßend an ihnen vorbeigehen, doch ein Blick von Catharina, der ältesten der drei Frauen, ließ sie bei der Gruppe stehen bleiben.

„Grüß dich, Hagazussa! Du kommst, wie gerufen", rief die rothaarige Frau. „Opa Spring ins Feld ist gestern von der Leiter gefallen und scheint sich ein Bein gebrochen zu haben. Nichts in der Welt bringt den alten Mann ins Krankenhaus in die Stadt! Nun liegt er stöhnend zu Hause im Bett", erläuterte Magarethe, die mittlere von den drei Bethen-schwestern, die gerade auf dem Weg war, ihre Söhne vom Wald-kindergarten abzuholen „Könn-test du Opa Spring ins Feld einen Krankenbesuch abstatten?", er-gänzte Barbara, die dritte und jüngste im Bund ein wenig schüchtern.

Hagazussa ließ sich nicht zweimal bitten. Knochenbrüche waren ihre Spezialität. Die Energie in ihren Händen konnte Knochen wieder zusammenwachsen lassen. Das hatte sie schon öfter erfahren.

Die vier Frauen machten sich gemeinsam auf den Weg. Zwei Straßen weiter bogen sie in den Meisenweg ein. In dem letzten Haus auf der rechten Straßenseite befand sich das Holzhaus von Opa Spring ins Feld. Mit dem Türklopfer kündigten sie ihren Besuch an. Die Tür war nicht verschlossen und die Klinke ließ sich mühelos herunterdrücken. Mit Hallorufen betraten sie das Haus. Auf dem Sofa im Wohnzimmer lag der alte Herr, der sonst immer zu einem Späßchen aufgelegt war, doch heute war ihm wohl weniger danach zumute.

Hagazussa begrüßte Opa Spring ins Feld. Dann untersuchte sie das verletzte Bein, das schon ziemlich angeschwollen war. Mit ihren feinfühligen Händen erspürte sie die falsche Lage des Knochens, konnte aber durch ein gleichzeitiges Ziehen und Schieben diesen wieder in die richtige Position bringen. Dann strich sie mit der Hand konzentriert über das Bein und verband mit ihrer Gedankenkraft die verletzten Knochen, Sehnen und Muskeln.

Der Schmerz, der Opa Spring ins Feld noch vor wenigen Minuten im Gesicht geschrieben stand, hatte sich sichtbar vermindert. Hagazussa blickte ihren Patienten verschmitzt an: „Ich werde dir die Hasenkinder vom Hoppel-Poppeline-Clan mit Beinwellblättern vorbeischicken. Damit machst du noch ein paar Tage warme Umschläge. Und an Walpurgis werden wir beide ein Tänzchen um den Wünscheapfelbaum wagen", sprach die Heilerin. „Du wirst dann schon wieder wie ein junger Spund herumhüpfen können."

Die Dankbarkeit war allen Anwesenden an den Mienen anzusehen. Wie praktisch eine hexende Heilerin oder eine heilende Hexe im Dorf zu haben!

Am Morgen der Walpurgisnacht holte Hagazussa Waldmeister im angrenzenden Buchenwald, dem Lieblingsplatz der Pflanze mit den zarten weißen Sternenblüten. Nun konnte man den Meister des Waldes nicht ohne weiteres abpflücken. Denn dann hätte die Sternenblume ihre erbauenden Kräfte sicherlich nicht einfach zur Verfügung gestellt und Kopfschmerzen wären die Folge gewesen. Aber Hagazussa wusste um die Geheimnisse der Pflanzen und sie kannte auch ihren geheimen Namen. Und so begrüßte sie den Meister des Waldes höflich mit dem uralten Namen Waldmutterkraut. Sie tauschten ein paar Neuigkeiten aus und erst dann bat Hagazussa das Waldmutterkraut darum, ein paar Sternenstengel für das heutige Fest mitnehmen zu dürfen. Als Geschenk hatte sie einen Krug Quellwasser mitgebracht. Die Meisterin des Waldes war sehr erfreut über das erfrischende Nass und stellte Hagazussa und ihren Gästen gerne ihre mächtigen Kräfte zur Verfügung.

Wieder daheim legte Hagazussa die angewelkten Stengel des Waldmeistermutterkrauts, die inzwischen ihr typisches Aroma voll entfaltet hatten, in ihr schönes, mit Blüten verziertes Bowlengefäß aus Glas, und goss die Sternenstengel mit selbst gemachtem Apfelsaft auf. Bis zum Abend würden sich der Geschmack des Apfelsafts und des Waldmeisterinnenkrauts vorzüglich ergänzen. Nachdem sie das Getränk zubereitet hatte, begann Hagazussa, gutgelaunt und vor sich hin pfeifend, mit dem Kuchenbacken und schon bald durchzog ein herrlicher Duft das ganze Haus: Frisch gebackener Kuchen in Verbindung mit Apfelsaftwaldmeisterbowle! Wenn das nicht die Liebeskräfte der Natur wecken konnte!

Im Rosenheckenapfelgarten waren inzwischen bereits viele Dorfbewohnerinnen dabei, für das Fest, das am späten Nachmittag beginnen sollte, ein Zelt aufzubauen, denn nach Anbruch der Dunkelheit konnte es noch ziemlich kühl werden. Das Zelt war ein altes Zirkuszelt, das Rudolfo, ein ehemaliger Artist, bei einer Auktion mal erstanden hatte und nun allen DorfbewohnerInnen genügend Platz bot.

Die bunten Bänder für die Wünsche, die an den Apfelbaum im Rosenheckenapfelgarten angebunden werden sollten, lagen schon bereit. Je später es wurde, desto mehr füllte sich der Rosenheckenapfelgarten. Biene und Bohne waren mit ihrem Onkel Simsalabim gekommen, der alle immer mit seinen Zauberkunststückchen zum Lachen brachte und gerade auch bei den Frauen im Dorf als Liebhaber gern gesehen war, war doch sein Schnurbart und die dunkel blitzenden Augen schmuck anzusehen. Die

Bethenschwestern Catharina, Magarethe und Barbara hatten ihre Söhne und Opa Spring ins Feld in die Mitte genommen und mitgebracht und siehe da, dem alten Herrn stand der Schalk schon wieder in den Augen geschrieben, auch wenn er noch ein wenig humpelte.

Frau Bürgermeisterin Pauli hatte sich in Schale geworfen und gleich den ganzen Dorfrat mitgebracht. Petersilie und Suppenkraut, die beiden Dorfpolizisten hatten sich auch nicht lange bitten lassen und waren der Einladung gerne gefolgt, da es im Dorf Segensreich für sie sowieso kaum mehr etwas zu tun gab, seitdem Hagazussa in ihr Haus Sternenlicht im Mondenschein eingezogen war.

Auch die zahlreichen Liebespär-
chen aus dem Dorfe Segensreich,
in bunter Geschlechtervielfalt,
wussten die magische Atmosphäre des Rosenheckenapfelgartens
mit seinen vielen versteckten
Winkeln zu schätzen und hatten
sich eingefunden. Überall gab es
daher ein großes Holla und Hallo.

Zwischen all den vielen Leuten
tobten die Kinder des Hoppel-
Poppeline-Clans zusammen mit
den Blumenelfen um die Wette.
Die Hauskröte Esmeralda hatte
es sich auf einem großen Stein
direkt am Holleteich gemütlich
gemacht und schaute dem wilden
Treiben wohlwollend, aber in si-
cherer Entfernung zu. Und auch
Familie Stacheligel genoss, gut
getarnt von einem großen Laub-
haufen, die bunt zusammenge-
würfelte Gemeinschaft. Dann
kam der große Moment des Wün-

schens, auf den alle schon sehnlich gewartet hatten.

Zuerst mussten aber die Wünsche auf den Wunschbändern aufgeschrieben werden und zwar mit unsichtbarer Tinte, sonst wären sie nicht in Erfüllung gegangen. Was gab es da nicht alles für Wünsche! Nur der Wind erfuhr von den geheimen und geheimsten Wünschen der Segensreicher. Und der trug diese in die Welt hinaus und natürlich gingen auf diese Weise fast alle in Erfüllung!

Sobald die flatternden bunten Wunschbänder am Apfelbaum im Rosenheckenapfelgarten befestigt waren, begann die Musik zu spielen. Die Grille Zirp Zirp spielte die Violine, der Marienkäfer Pünktchen schlug die Pauke und die Biene Nicolette, die inzwischen schon richtig groß geworden war, summte dazu die Melodie. Hagazussa hakte Opa Spring ins Feld unter und schon wirbelten die beiden tanzend um den Maienapfelbaum herum. Die Apfelsaftwaldmeisterbowle fand regen Zuspruch, das Essen, das zu einem kreisrunden Büffet aufgebaut war, mundete allen köstlich und die alten Mailieder wie „Komm lieber Mai und mache, die Bäume wieder grün" und zu späterer Stunde „Der Mai ist gekommen, die Bäume schlagen aus", wurden von Jung und Alt kräftig mitgesungen. Weit nach Mitternacht, als der große und der kleine Wagen im Bärenmama-mit-ihrem-Kind-Sternenbild schon hoch am Himmel stand, wurde es langsam ruhiger im Rosenheckenapfelgarten und irgendwann trat auch die gewohnte Stille wieder ein.

Als alle gegangen waren, drehte Hagazussa in ihrem Garten eine letzte Runde und man sah sie aufmerksam den Sternenhimmel beobachten. Hagazussa wirkte zufrieden und glücklich. Eine Strähne ihres Haares kringelte sich vorwitzig auf ihrer Stirn und es schien fast so, als erzähle sie den aufmerksamen BetrachterInnen von vergangenen und gegenwärtigen Liebesnächten im Reigen der Natur.

Sommersonnenwende

Hollerbusch und Annakraut
Auf die Dauer Frauenpower

„Ringel, Ringel Reihe,
wir sind der Kinder dreie,
sitzen unter´m Hollerbusch,
machen alle Husch, Husch,
Husch"

Dieses Lied sangen die Kinder, die Hagazussa zum Hollerkücherlbacken in den Rosenheckenapfelgarten eingeladen hatte. Sieben an der Zahl waren gekommen. Sie fassten sich an den Händen und tanzten im Kreis um den Holunderbaum, der in der Nähe des Holleteichs stand.

„Der Holunder war den Menschen immer schon heilig", erklärte Hagazussa den Kindern. „Er war in alten Zeiten der göttlichen Mutter geweiht, weil der Holunder in den drei heiligen Mutterfarben Rot, Weiß und Schwarz erscheint. Im Frühling zeigen sich, wie jetzt, die weißen Blüten. Im Sommer bilden sich daraus schwarze Beeren, die einen roten, intensiv färbenden Saft haben und sehr gesund sind.

„Rinde, Beere, Blatt und Blüte,
Jeder Teil ist Kraft und Güte,
Jeder segensvoll!"

Das ist ein alter Spruch über den Holunderbaum", erklärte Hagazussa den Kindern. In den Märchen erscheint die göttliche Mutter, die den Menschen schon aus den Höhlen der Alten Steinzeit bekannt war, später noch als Frau Holle. Dieser, auf das alte Höhlenwissen zurückgehenden

Frau Holle, ist der Holunderbaum geweiht", erzählte Hagazussa mit einem verschmitzten Lächeln um ihre Lippen. „Aber Kinder, das ist ein uraltes Geheimnis. Das wissen nur noch ganz wenige Menschen in der heutigen Welt. In dem Kinderlied, das ihr gerade getanzt und gesungen habt, sind noch Reste dieses alten Mutterwissens enthalten."

Bei diesen Worten wurde Hagazussa traurig und die Traurigkeit war auch ihrer Stimme anzuhören, als sie weitersprach: „Bevor das Kleine Volk aus den Landen vertrieben wurde, waren den Menschen nicht nur der Holunder, sondern auch viele andere Bäume heilig". Hagazussa schwieg eine Weile, bevor sie weiter erzählte.

„Eiben und Wacholder, Eichen und Weiden waren ebenfalls Bäume, welche die Menschen verehrten." Hagazussas Miene hellte sich wieder auf. „Heute wollen wir die weißen Blüten des Holunders verwenden und ich zeige euch, wie man daraus leckere Hollerkücherl, aber auch eine Holunderblütenlimonade machen kann. Frau Holle wird sich jedenfalls freuen, wenn wir ihre Geschenke wieder zu schätzen wissen." Bei diesen Worten schnitt sie einige Hollerblüten ab und legte sie in den bereitgestellten Korb. Mit dem Lied auf den Lippen begleiteten die Kinder sie in die gemütliche Hexenküche im Haus und allen schmeckten die süßen Kücherl, die sie gemeinsam zubereiteten, ganz vorzüglich.

Mit dem Fortschritt der Jahreszeiten zeigte sich der Rosenheckenapfelgarten in seiner ganzen Pracht. Die Rosenhecken standen in voller Blüte und verströmten einen süßen Duft, der die Insekten von weit her anzog. In die Weiß-, Rosa- und Rottöne der Rosen mischten sich das Violettblau des Rittersporns und des Eisenhuts und das kräftige Orange der Ringelblumen. Im Gemüsegarten waren bereits Spinat, Radieschen, Mohrrüben und auch der erste Salat geerntet, die zu den Leibspeisen des Hoppel-Poppeline-Clans gehörten.

Die Sommersonnenwende und damit der längste Tag im Jahr stand an. Das Annakraut, das die Hexenverfolger aus Gebärneid in Johanniskraut vermännlicht hatten, obwohl Männer – was ja wirklich jedes Kind schon weiß, gar keine AhnInnen gebären können –, zeigte sich pünktlich zum

Sommeranfang in seinem flammenden Gelb: Das Gelb, das die volle Kraft der Sonne eingefangen hatte und damit geeignet war, in der dunklen Jahreshälfte den Menschen trübe Gedanken zu vertreiben. Und es war auch das Gelb, das in den Annablüten das Rot verbarg, das Rot, das sich auch im Mondblut der Frauen wiederfand und Voraussetzung war, um die Ahnninnenreihe von Generation zu Generation fortzusetzen.

Zur Sommersonnenwende kamen jedes Jahr zwölf andere weise Frauen aus dem umliegenden Land zu Besuch in den Rosenheckenapfelgarten. Zusammen mit Hagazussa waren sie dann dreizehn an der Zahl. Die Zahl dreizehn erinnerte noch an die Alte Steinzeit, als die Frauen die Monate nach Frau Mond berechneten und die dreizehn daher als heilige Zahl der hegenden und für alle Sorge tragenden göttlichen Mutter galt.

Alle Frauen kamen gemeinsam bereits am Vormittag an. Elf der Frauen fuhren zusammen in einem Bus, der mit wunderschönen dickbäuchigen Frauen bemalt war, die schon in der Alten Zeit der heiligen Steine als Ebenbild der Leben gebärenden göttlichen Mutter galten.

Trude mit den wilden Hüten steuerte den Bus. Die Zwölfte im Bunde, Lotte, fuhr auf ihrem schwarzen Motorrad hinterher und ihre beiden, mit bunten Bändern geflochtenen Zöpfe wehten dabei im Wind. Als alle ihrem Gefährt entstiegen waren, gab es erst einmal viele Umarmungen und Küsschen. Der Rabe

Schwarz–wie-die-Nacht, der, wie Trude, eine Vorliebe für außergewöhnliche Hüte hatte, setzte sich gleich auf deren Schulter, um sich die neuste Hutidee aus nächster Nähe anzusehen. Chiara, deren Lieblingstag, angesichts der geballten Frauenpower, schon immer die Sommersonnenwende gewesen war, schnurrte in den höchsten Tönen und zeigte zur Feier des Tages ihren schönsten Katzenbuckel.

Heute wollten die dreizehn Frauen gemeinsam neue Schutzbesen binden und die alten Besen hatten sie mitgebracht, um sie am Abend im Feuer zu verbrennen. Die Besen dienten das ganze Jahr über als Schutz für das Haus und wurden neben die Haustür gestellt, um das Haus vor unliebsamen Gästen und Gefahren zu schützen. Da sich deshalb im

Laufe des Jahres auch böse Gedanken in den alten Besen verfangen hatten, wurden sie, einmal im Jahr, in den Annafeuern zur Sommersonnenwende verbrannt. Gleichzeitig wurden neue Schutzbesen gebunden.

Ein richtiger Schutzbesen wurde aus Reisig hergestellt. Schon immer wurde hierfür Reisig von neun verschiedenen Bäumen zusammengebunden: Reisig von der Buche, Reisig von der Eiche, Reisig von der Weide, Reisig von der Esche, Reisig von der Hasel, Reisig von der Linde, Reisig von der Tanne und Reisig vom Ahorn und zu guter letzt noch Reisig vom Holunder. Alle zusammen ergaben einen wunderbaren Schutzbesen.

Wie die Frauen, so im Garten plaudernd und Reisig zusammenbindend, beisammen saßen, raschelte es im Gras und eine Ringelnatter mit einem rot goldenen Sonnenkrönchen, passend zur Sommersonnenwende, erschien. Lotte, mit den bunten Zöpfen, die Gedichte über alles liebte, erblickte die kleine Schlange mit dem Sonnenkrönchen und dem schönen Muster an der Seite als erste, vollführte einen Freudensprung und dichtete:

„Sei uns willkommen,
du Wandlerin der Zeiten!
Mit deiner Weisheit,
wirst du uns im Leben leiten!"

Nun muss man wissen, dass Schlangen die Lieblingstiere dieser dreizehn Frauen waren. Nicht nur, weil Schlangen sich selbst zu einem Kreis ringeln und sich häuten konnten, ohne zu sterben. Sondern auch, weil die Schlangen an die Nabelschnur erinnerten, an die alles menschliche Leben, angebunden an die Mutter, auf die Welt kam. Damit waren Schlangen ein Symbol für den Kreis der immerwährenden Wiedergeburt der Natur und somit das Zeichen für das Leben auf Mutter Erde. Jedes Kind wusste schließlich, dass auf den Sommer der Winter folgte, und so wussten die Frauen und natürlich auch alle anderen, die sich mit der Natur auskannten, dass auf den Tod immer auch wieder das Leben folgt.

Der Jahreskreis mit seinen acht Mutterfesten war der Ausdruck für das Leben auf Erden, ein Leben, das nach mütterlichen Prinzipien funktionierte: Ein Werden und Wachsen, gefolgt von abnehmenden und unsichtbaren Phasen, so wie Frauen es nicht nur von den Jahreszeiten, sondern auch von Frau Mond her kannten, die sie schon zu uralten Zeiten in ihren eigenen monatlichen Rhythmen begleitet hatte.

Dass die Ringelnatter sich an diesem längsten Tag des Jahres ihnen gezeigt hatte, deuteten alle als gutes Zeichen: Das Jahr würde so gut, wie es angefangen hatte, auch zu Ende gehen. Und nach diesem Jahr würde im ewigen Kreislauf ein neues Jahr wieder anfangen. Dass Mutter Erde so zuverlässig war, stimmte alle froh und zuversichtlich.

Nachdem die Besen fertiggestellt waren, wurden die Speisen gemeinsam zubereitet. Da bei der Sommersonnenwende das Licht und das Feuer im Mittelpunkt standen, wurden bei diesem Fest vor allem orange und rote Speisen gegessen. Als Vorspeise gab es erst einen Salat aus roter Beete. Als Hauptgericht kochten sie eine feine Suppe aus Mohrrüben in ihrem großen Kessel direkt über dem Feuer. Und als Nachspeise aßen alle eine Grütze aus roten Johanisbeeren. Zum Trinken gab es schließlich noch roten Traubensaft und roten Wein.

Am Abend, nach dem Kochen, saßen die dreizehn Frauen um das große Feuer herum, das mit all den vielen Besen gefüttert wurde, die mitsamt den daran hängenden bösen Gedanken in großer Hitze verbrannten. Die Flammen loderten, mal sanft und ruhig, aber auch manchmal wild und gefährlich, wenn sie besonders böse Gedanken zu bewältigen hatten.

Viele Geschichten wurden beim Zusammensitzen um das Feuer ausgetauscht. Nach einiger Zeit, nachdem die magischen Verbindungsfäden zwischen ihnen wieder gesponnen worden waren, zeigten sich im lodernden Feuer Bilder. Bilder, die nur die Gemeinschaft der dreizehn Frauen sehen konnten. Es waren Bilder der Drachenstadt, der Stadt der alten Mutterkraft, die vom bösen Zauberer Belial besetzt worden war. Konzentriert und schweigend schickten alle dreizehn Frauen ihre Zauberkraft an diesen bedeutsamen Ort, denn sie wussten, was für die Welt auf dem Spiel stand.

Drachenfest

Fest des mütterlichen Kosmos
Der böse Zauberer Belial und die
Befreiung der Mutterkraft

Der August mit seiner Sommerhitze nahte heran und damit das Drachenfest mit einem der wichtigsten Mutterfeste inmitten des Monats.

Schon in der Alten Zeit der Steine, wo die Frauen die Hüterinnen des Heiligen Herdfeuers waren und in ihren Gruppen die Heilkräuter und die Früchte der Pflanzen als Vorrat für den Winter gesammelt hatten, um die Muttersippen zu ernähren, schon damals war das Fest im August ein Fest des mütterlichen Kosmos gewesen, ein Fest von Frau Sonne, Frau Mond und Mutter Erde.

Denn die Tage werden seit der Sommersonnenwende wieder kürzer, aber die Hitze der Augustsonne lässt die Früchte reifen und das Wachsen und Blühen der ersten Jahreshälfte geht über in das Reifen, Ernten und schließlich das Absterben in der zweiten Hälfte.

Die Sonnenenergie im August gilt als Feuerenergie, die auch eine der vier Drachenenergien ist. Feuerenergie kann, wenn nicht sachgemäß mit ihr umgegangen wird, zerstören. Wenn eine jedoch die Wandlungsmagie des Feuers versteht, dann ist die Feuerenergie ein Segen, kann sie doch wärmen und das, was geerntet wurde, in wohl schmeckende Speisen verwandeln. Frauen, mit ihrer engen Verbindung zum Herdfeuer, waren daher seit alters her Magierinnen des Feuers.

In der Umgebung von Segensreich hatte es sich im Laufe der
letzten Jahre eingebürgert, dass
wieder am 15. August zu Ehren
des mütterlichen Kosmos ein
Drachenfest auf dem nicht weit
entfernten Drachenstein statt-
fand. Heute war es allerdings ein
besonderes Fest, denn kurz nach
der Sommersonnenwende war
etwas geschehen, was alles än-
derte.

Luna, der Tochter einer weisen
Frau, war es gelungen die Drachen in der Drachenstadt vom
bösen Zauberer Belial zu befrei-
en. Noch wusste niemand, wer
Luna eigentlich war, auch wenn
allenthalben viel getuschelt wurde. Aber die Zeit, das Geheimnis
zu lüften, war noch nicht gekommen.

Die Drachen hatten sich seit ihrer Befreiung wieder unter die Menschen gemischt. Und heute am Drachenfest, dem uralten Fest des mütterlichen Kosmos, würden die Drachen alle zum Drachenfest am Drachenstein kommen.

Eine unendlich lange Zeit waren die Drachen fast vergessen gewesen und nur noch der Brauch, dass Kinder am Ende der Getreideernte auf die abgeernteten Stoppelfelder gingen, um mit ihren Flugdrachen im Wind wilde Tänze am Himmel zu vollführen, war von den früheren Drachenfesten als Erinnerung übrig geblieben. Nun war es aber wieder so weit: Das Drachenfest stand bevor. Und das erste Mal wieder seit ewiger Zeit waren auch die Drachen selbst dabei.

Dieses Ereignis zog natürlich Mensch und Tier von weit her an, und es gab wirklich viel zu sehen. Rote Drachen und grüne Drachen, goldene Drachen und silberne Drachen, Drachen mit großen Zacken und ohne Zacken und alle beherrschten die Kunst des Feuerspuckens. Eine besondere Attraktion waren natürlich die fliegenden Drachen.

Der Drachenstein ist ein Fels, der hoch über dem Fluss Alcmona ragt. Wenn die Drachen nun feuerstrahlenspuckend vor dem Fels und manchmal nur dicht über der Wasseroberfläche ihre Flugkünste vollführten, stockte so manchen BesucherInnen der Atem.

Hagazussa war schon am frühen Morgen, zusammen mit Chiara und Schwarz-wie-die-Nacht, mit

ihrem violetten Auto zum Drachenstein aufgebrochen. Schon
seit Tagen hatte es im Haus Sternenlicht im Mondenschein kein
anderes Thema als das Drachenfest gegeben.

Da so viele gekommen waren, war
es gar nicht so einfach einen
Parkplatz zu finden. Aber
schließlich war das Auto gut un-
tergebracht und der Bummel um
den Drachenstein konnte beginnen. Gleich zu Anfang entdeck-
ten die drei inmitten des Rum-
mels einen guten alten Freund.
Dreikäsehoch, ein Gnom mit zer-
knittertem Gesicht, der so hieß,
weil er für einen Gnom etwas
klein geraten war.

Kurz darauf trafen sie die Blindschleiche Silberpfeil in Begleitung
der   Schildkröte   Panzetta.
Schwarz-wie-die-Nacht   konnte

sich bei deren Anblick nicht verkneifen auf den Panzer der Schildkröte zu fliegen und mit dem Schnabel anzuklopfen, mit der Frage, ob denn jemand zu Hause wäre. Dieses Begrüßungsritual spielten die beiden immer, wenn sie sich begegneten. Und Panzetta quittierte die Anfrage jedesmal mit tiefem Schweigen, denn, ihrer Meinung nach, war das die einzige Antwort in ihrem altehrwürdigen Alter auf die Frechheit dieses jungen Raben.

Schließlich war es Hagazussa, Chiara und Schwarz-wie-die-Nacht gelungen zum Rand des Felsens zu gelangen und nun konnten sie die Flugkünste der Drachen gebührend bestaunen. Moritz, ein ganz schwarzer Drache, der schon zu alt war für die Flugkapriolen, gesellte sich zu ihnen.

„Schön euch zu sehen", begrüßte er die drei. „Ich bin so froh, dass wir uns jetzt jedes Jahr wieder sehen und wir Drachen unsere Feuer- und Flugkünste wiederge- funden haben. Ist es nicht ein prachtvoller Anblick, die vielen Feuer! Die sind so wichtig, damit die Bosheit aus den Herzen ver- brannt wird. Mit Schaudern erin- nere ich mich an die Herrschaft des Zauberers Belial." Bei diesen Worten lief ein Zittern durch seinen Körper. „Stellt euch vor, es hätte in der Drachenstadt keine Befreiung gegeben! Dann wäre die Welt irgendwann an Mord und Totschlag zu Grunde gegangen", ergänzte er in Gedan- ken versunken.

Hagazussa nahm ihn nun ganz fest in den Arm. „Ich bin auch so froh, dass die Alte vom Donner- berg eine starke Tochter gefunden hat, die den Mut hatte, diesen Weg zu gehen. Auch das Kleine Volk hätte nicht aus dem Höhlenreich zurückkehren können, wenn euer kosmisches Mutter-Feuer die Erde nicht wieder reinigen würde. Welch ein Segen für die ganze Welt, dass der Zauberer Belial seine Schreckensherrschaft nun nicht mehr ausüben kann, die Alte Mutterkraft wieder frei ist und ihre lebenswichtige Wirkung wieder voll entfalten kann!"

Stirnrunzelnd ergänzte Hagazussa: „Das war wirklich fünf vor zwölf! Fast wäre unsere wunderbare Welt durch den Schadenszauber von Belial zugrunde gegangen. In einigen Gegenden der Erde konnte man ja schon nicht mehr ohne Atemmaske ins Freie gehen, vor lauter Russ und Gift in der Luft!"

Erst spät in der Nacht tuckerten die BewohnerInnen des Hauses Sternenlicht im Mondenschein wieder mit ihrem violetten Auto heimwärts, denn gerade als es schon dunkel war, waren die Drachenflugkünste um den Drachenstein herum besonders schön anzusehen. Das hatten sich die drei natürlich nicht entgehen lassen wollen.

Chiara war nach dem erlebnisreichen Tag so müde, dass sie im Auto bereits einschlief und Hagazussa sie schließlich ins Haus tragen musste. Hagazussa selbst legte sich in ihrem Rosenheckenapfelgarten in eine Hängematte, die zwischen den Apfelbäumen angebracht war und betrachtete schaukelnd den sternenübersäten Himmel. Die Grillen zirpten ihr Nachtlied und irgendwann fielen auch Hagazussa die Augen zu und sie befand sich im Land der Träume, in dem es heute von Drachen und einer starken Tochter nur so wimmelte.

Sammlerinnenfest

Erntedank
Das Magische Duett von Herd-
feuer und Pflanzenkraft

Der August war richtig heiß gewesen. Im Garten reiften nach
und nach die Früchte. Hagazussa
ernährte sich zum großen Teil aus
ihrem Garten und so musste den
ganzen Sommer über Obst und
Gemüse rechtzeitig geerntet
werden.

Erdbeeren, Himbeeren, rote und
schwarze Johannisbeeren, Sta-
chelbeeren und Kirschen wurden
zu Marmeladen und Gelees ver-
kocht. Mangold, Gurken, Salat,
Zucchini, Tomaten, Erbsen und
Bohnen hatten seit dem Frühjahr
für Abwechslung auf dem Speise-
seplan gesorgt. Das, was zuviel

war, wurde für den Winter einge-
kocht, eingelegt, getrocknet oder
auch eingefroren.

Die Neuerung des Einfrierens
hatte Hagazussa gleich zu Anfang ihres Einzugs eingeführt. Da
der Rosenheckenapfelgarten ab-
seits vom Dorf lag, hatte es keine
Stromleitungen und auch keine
Wasserleitungen gegeben. Wasser
war gar kein Problem gewesen, da
das Grundstück über einen
Brunnen verfügte und für den
Garten das Regenwasser gesammelt wurde. Als Toilette war eine
Humustoilette angebracht worden. Zum Kochen und Heizen
dienten ein Holzofen und ein Ka-
chelofen.

Aber zur Stromgewinnung hatte
Hagazussa Photovoltaikanlagen
installieren lassen. Dies in Verbindung mit Akkus, so dass der

Strom auch nachts zur Verfügung stand. Nun stand in ihrer Speisekammer eine Gefriertruhe, in der sie einen Teil ihres Erntegutes lagern konnte.

Der Rest des Gemüses wie Möhren, Sellerie, Kohl, Äpfel und Kartoffeln lagerten in einem begehbaren Erdkeller in Sandkisten, den Hagazussa mit Hilfe einiger DorfbewohnerInnen im zweiten Jahr angelegt hatte.

Eine der Hauptaufgaben Hagazussas hatte auch darin bestanden, den Sommer über Kräuter für Tees oder Tinkturen zu sammeln, denn Hagazussa verfügte über ein umfangreiches Kräuterheilwissen und die getrockneten Kräuter in der Speisekammer und die vielen Fläschchen, im Wandregal in der Küche, legten davon Zeugnis ab.

Bärlauch, Löwenzahn, Brennessel, Birkenblätter, Pfefferminze, Angelikawurzel, Baldrian, Estragon, Pimpernelle, Lungenkraut, Salbei, Kamille, Frauenmantel, Nachtkerze, Schafgarbe, Rotklee, Johanniskraut, Zitronenmelisse, Ringelblume, Mädesüß, Huflattich, Hopfen, Zinnkraut und Königskerze waren nur einige der Kräuter, die zu Speise- oder Heilzwecken im Rosenheckenapfelgarten selbst oder in der näheren Umgebung liebevoll gesammelt wurden.

Jetzt wurde gerade der Lavendel geerntet und in kleine Beutel verpackt, um den Duft im Wäscheschrank einzufangen. Baldrian gehörte natürlich auch zu den Kräutern, die im Rosenheckenapfelgarten wuchsen. Den konnte Hagazussa aber nur selten ernten, denn Chiara konnte dem

Duft von Baldrian einfach nicht widerstehen und hatte sich die Stelle, wo der Baldrian wuchs, als Ruheplätzchen für den Tag ausgesucht. Dort konnte man sie immer wieder, in Katzenträume versunken, auffinden, Katzenträume, die von dicken Mäusen zu handeln schienen, die wohl nur darauf warteten, von einer Katze gefangen zu werden.

Hagazussa liebte die Arbeit im Garten, das Säen, das Ernten, aber auch das Ausbringen von Kompost, das Gespräch mit den Regenwürmern, den Schnecken, den Wühlmäusen und den Maulwürfen.

Jede Kreatur hatte den ihr zugewiesenen Platz und da alle mit Achtung behandelt wurden, hatte sich ein gutes Gleichgewicht im Rosenheckenapfelgarten entwickelt. Die Wühlmäuse hatten eine Ecke im Garten bekommen, wo Hagazussa deren Lieblingsspeise Topinambur angebaut hatte. Den Schnecken stand ein so umfangreiches Angebot an Speisen zur Verfügung, dass sie sich problemlos an die Absprache hielten, dass der Gemüsegarten tabu war. Regenwürmer halfen Hagazussa in großer Zahl, die Garten- und Küchenabfälle wieder zu Erde zu verarbeiten. Und Maulwürfe liebte Hagazussa über alles, da diese für sie den Unterboden lockerten

Auf einen englischen Rasen legte Hagazussa sowieso keinen Wert, da sie einer bunten Blumenwiese, der Eintönigkeit eines Rasens den Vorzug gab. Überall im Garten gab es kleine Steinhaufen, die Spinnen, Käfern, Blindschleichen und Ringelnattern genügend

Rückzugsraum boten. Verschiedene Kästen boten Nistmöglichkeiten für Vögel und Fledermäuse, wobei auch manchmal ein Siebenschläfer oder eine Haselmaus diese Orte als Winterquartier für sich beanspruchten. Schöne graukugelige Wespen- oder Hornissennester waren zahlreich im Rosenheckenapfelgarten zu finden und in einer Ecke des Gartens war ein buntes Bienenhaus aufgestellt, deren BewohnerInnen Hagazussa und ihre Gäste an ihrem süßen Honig teilhaben ließen.

Langsam näherte sich die Herbsttagundnachtgleiche und damit der Beginn des Herbstes. Seit der Alten Steinzeit hatte es zur Herbsttagundnachtgleiche ein Erntedankfest gegeben, denn schon immer hatten die Frauen die Pflanzen und Früchte der

Natur gesammelt, um die Muttersippen zu ernähren, denn die
Jagd der Männer wäre ja kaum
ausreichend gewesen, um die Er-
nährung sicher zu stellen. Das
Erntedankfest zur Herbsttagundnachtgleiche stand daher
schon immer in der Erinnerung an
die Tradition der sammelnden
Wildbeuterinnen der Alten Steinzeit, welche mit ihrer Arbeit die
Versorgungsbasis der AhnInnen-
reihe gebildet hatten, denn ohne
ihre Arbeit wäre menschliches
Leben nicht erhalten geblieben.

Die letzten zwei Wochen hatte es
ausgiebig geregnet. Hagazussa
hatte rechtzeitig die Kartoffeln
geerntet und die letzten Wochen
noch Birnen, Quitten, Zwetsch-
gen und Hagebutten verarbeitet.
Der Duft nach Zimt und Nelken
war beim Kochen des Zwetsch-
genmuses durch das Haus gezo-

gen. Nun wurden die Vorbereitungen für das Erntedankfest getroffen, das Hagazussa mit all den vielen BewohnerInnen des Rosenheckenapfelgartens gemeinsam feierte.

Bereits morgens war Hagazussa mit Schwarz-wie-die-Nacht auf der Schulter mit einem braunen Weidenkorb in den Wald gegangen. Pilze standen heute als Festessen auf dem Speiseplan. Da Schwarz-wie-die-Nacht, von seinem Sitz auf Hagazussasa Schulter aus, einen hervorragenden Überblick und zudem scharfe Augen hatte, liebte er es, Hagazussa bei ihren Pilzwanderungen im Wald zu begleiten. Und so dauerte es nicht lang, bis der Korb sich mit einer großen Vielfalt an Pilzen füllte. Maroni, Pfifferlinge, Steinpilze, Butterpilze, Hallimasch, die großen

Schirme der Parasolpilze, junge noch geschlossene Hüte der Tintlinge, Rotkappen und Ziegenlippe füllten den Korb. Zum Schluss hatten die beiden unter einem Haselnussbaum sogar noch ein besonders prächtiges Exemplar der Krausen Glucke entdeckt und mitgenommen.

Mit ihrer reichen Ernte traten sie den Heimweg an. Zusammen mit dem Hoppel-Poppeline-Clan begannen sie gleich mit dem Putzen der Pilze und am späten Nachmittag köchelte über offenem Feuer eine wunderbare Pilzsuppe in dem großen Kessel, den Hagazussa für solche Festessen benutzte.

Die Tiere des Rosenheckenapfelgartens fanden sich nach und nach ein und jedes kostete von der stärkenden Suppe. Dazu gab es den ersten Apfelwein des Jahres, der in dicken Glasbottichen im Schatten einer Birke vor sich hin gärte. Den Winter würden alle BewohnerInnen des Rosenheckenapfelgartens gut überstehen, denn alle hatten auf ihre Weise für den Winter vorgesorgt.

Mutter Erde hatte sie ja auch dieses Jahr wieder reichlich beschenkt, so dass sie sich vor der bevorstehenden dunklen Jahreszeit nicht ängstigen mussten. Ein tiefes Gefühl von Dankbarkeit erfüllte alle. In der Dämmerung schlossen sich sogar ein paar Tiere des Waldes der illustren Gesellschaft an: die Rehmutter Braunfell mit ihren beiden Kitzen Hinz und Kunz, der Fuchs Besondersschlau und auch die Eichhörnchenfamilie Buschelschwanz. Jetzt würden sich die Tage zunehmend verkürzen und die Nächte länger werden, aber da sie alle miteinander in großem Einklang mit den Gesetzen von Mutter Erde lebten, machte ihnen dies keine Angst: Sie wussten auf die Dunkelheit würde das Licht folgen und dieser Kreislauf des Lichts beinhaltete die große Weisheit des Lebens.

Halloween

Totenfest
Besuch der AhnInnen

Die Tage waren immer kürzer geworden. Das Laub hatte sich bunt verfärbt. Die Lärchen hatten ihre Nadeln abgeworfen. Und inzwischen waren die ersten Herbststürme über das Land gefegt. Der Wind hatte mal sanft, aber manchmal auch mit seiner ganzen Kraft an den Bäumen und Sträuchern gerüttelt und geschüttelt, bis jetzt fast kein Blatt mehr an ihnen zu sehen war. Manchmal regnete es tagelang, aber zwischendurch hatte es auch milde sonnige Tage gegeben. Morgens lag hin und wieder auch schon Rauhreif auf den Wiesen, die dann, wie mit Puderzucker bestäubt, dalagen, ebenso zart kristallin wie die gezuckerten zahlreichen Spinnweben, die vom Altweibersommer übrig geblieben waren.

Die Ernte war abgeschlossen. Zum Schluss hatte Hagazussa noch die Walnüsse unter ihrem Walnussbaum gesammelt und schließlich auch die orangeroten Kürbisse geerntet, die nun, mal klein, mal groß in ihrem Erdkeller lagerten und darauf warteten ihre konservierte Sonnenenergie in einer leckeren Kürbissuppe frei zu setzen.

Halloween galt seit der Zeit der Alten Steine und der Heiligen Höhlen von Gott der MUTTER als die Nacht, in der die AhnInnen am leichtesten mit den Lebenden in Kontakt treten können. Und so hatten sich, wie jedes Jahr, eine Reihe AhnInnen heute Nacht bei Hagazussa zu einem leckeren Kürbissuppenessen angekündigt. Hagazussa hatte den ganzen Tag in der Küche gewerkelt, Kürbisse ausgehöhlt, Gesichter hineingeschnitten und war tatkräftig von Schwarz-wie-die-Nacht unterstützt worden, der mit seinem spitzen Schnabel ein Spezialist im Kürbisaushöhlen war. Die ganze Arbeit hatte unter sachkundiger Leitung von Chiara stattgefunden, die auf dem Küchenstuhl sitzend, genaue Anweisungen für die Kürbisarbeit gegeben hatte. Hagazussa hatte sich in Vorfreude auf die netten AhnInnengäste, die man schließlich nur einmal im Jahr so nah zu Gesicht bekam, einen kugelrunden Kürbis geschnappt und einen flotten Walzer auf das Küchenparkett gelegt, beschwingt von den miauenden Dreiviertel-

taktkatzentönen, die Chiara ge-
konnt von sich gab.

Die Suppe war gekocht und mit
ein paar Tropfen Tollkirschen-
tinktur verfeinert worden. Die
Kürbisse waren zusammen mit
einigen Zuckerrüben fertig ge-
schnitzt und wurden nun, als es
dunkel wurde mit Kerzenlichtern
bestückt im Rosenheckenapfelgarten als Wegweisung und Will-
kommensgruß für die AhnInnen
verteilt. Der Rosenheckenapfelgarten schimmerte deshalb in einem heimeligen Licht. Hagazussa
hatte sich das Gesicht weiß ge-
pudert und auch den Raben
Schwarz-wie-die-Nacht und Chiara mit weißem Mehl bestäubt,
deshalb, weil weiß die Farbe der
Knochen und damit die Lieblings-
farbe der AhnInnen ist. Es
dauerte nicht lange und der Rosenheckenapfelgarten war mit

einem Schwirren erfüllt, das von schwebenden Gestalten verursacht wurde, die nun, eine nach der anderen durch die geschlossene Tür Eintritt in das Sternenlichthaus im Mondenschein fanden.

Der AhnInnenzug wurde angeführt von Großmutter Rosenholz, die bei ihrer Tochter Schneeweiß und ihrer Cousine Weich-wie-Samt untergehakt war. Dann folgten die Männer aus dem AhnInnenclan: Schnell wie der Blitz, Wertvoll und Weiser Mann. Und schließlich folgte Tante Trödelline, die auch heute wieder ihrem Namen alle Ehre machte. Daneben tollte wie in früheren Zeiten Schaftreu, der langjährige Hund des Mutterclans, der inzwischen ein enger Freund von Chiara und Schwarz-wie-die-Nacht geworden war.

Die Wiedersehensfreude war groß, denn schließlich hatte man sich ein ganzes Jahr nicht gesehen und ansonsten nur intuitiv miteinander kommuniziert.

Das Essen wurde gemeinsam bei Kerzenschein eingenommen und zum Trinken gab es frisch gepressten Alraunentrunk, ein Lieblingsgetränk des Kleinen Volkes, dessen Zubereitung heute kaum noch jemand kannte. Die AhnInnen hatten viel zu erzählen. So berichteten sie davon, dass nun überall in der Welt das Alte Wissen wieder zurückkehre, und, dass die Menschen wieder lernen würden in Einklang mit der Natur und den Lebensrhythmen zu leben. Es gäbe zwar immer noch zu viele Unbelehrbare, die den Weg der Ausbeutung bevorzugten, aber das Bewusstsein Mutter Erde und die Mütter als Lebensmittelpunkt wieder zu ehren, nähmen täglich zu. Seitdem gingen Suchtverhalten und Kriege drastisch zurück", führte Weiser Mann aus. Und Großmutter Rosenholz ergänzte: „Die Erinnerung an die Alten Landschaftsnamen und deren einst heilige Bedeutung und die Erinnerung, dass alles menschliche Leben von den Müttern geboren wird und sie deshalb in den Mittelpunkt der Lebensgemeinschaft zu stellen sind, dieses uralte in der Natur verankerte Wurzelwissen kehrt immer mehr in den heutigen Alltag zurück." „Und was am schönsten zu beobachten ist, ist die Tatsache, dass den Kindern in der Schule nicht mehr ein verdrehtes Geschichts-, Religions- und Wirtschaftsbewusstsein vermittelt wird", führte ihre Tochter Schneeweiß weiter aus. „Früher wurde den Kindern ja tatsächlich im Unterricht vermittelt, dass Geschichte nur aus Schlachten und Kriegen besteht, dass Gott nur männlich ist und dass nur mit unendlichem Wirtschaftswachstum Wohlstand verbunden ist." Bei diesen Worten musste Großmutter Rosenholz plötzlich richtig lachen. „Könnt ihr euch überhaupt vorstellen, dass Kindern jahrhundertelang ein solcher Blödsinn in der Schule vermittelt wurde?"

Die Unterhaltung war so angeregt verlaufen, dass alle die Zeit ganz vergessen hatten. Nun war es schon ziemlich spät geworden. Hagazussa hatte ihrerseits den Hoppel-Poppeline-Clan als neue Mitglieder der Rosenheckenapfelgartengemeinschaft vorgestellt und dann ausführlich vom Drachenfest erzählt, von Luna, der es gelungen war den bösen Zauberer Belial zu vertreiben und von der Befreiung der Drachen und der damit verbundenenen Mutterkraft. Große Freude hatte diese Tatsache bei den AhnInnen ausgelöst. Freude und auch ein wenig Stolz auf diese starke Tochter, die ganz offensichtlich in der Tradition der Alten Steinzeit stand.

Ewig hätten die Gespräche noch weiter dauern können, aber schließlich war es Zeit zum Aufbruch. Alle umarmten sich, denn man würde sich ja erst im nächsten Jahr wiedersehen. Aber es war klar, dass man bis dahin in Kontakt bleiben würde. Hagazussa, Chiara und Schwarz-wie-die-Nacht begleiteten die AhnInnen hinaus. Inzwischen war der Rosenheckenapfelgarten nur noch mit einem glimmenden Licht erleuchtet, weil die Kürbis- und

Zuckerrübenlichter fast heruntergebrannt waren, aber das Licht reichte noch aus, um die AhnInnen sicher in ihr AhnInnenreich zu begleiten. Hagazussa warf einen letzten Blick hinauf zu Frau Mond, die als Sichel hoch am Nachthimmel stand und es schien so, als ob Frau Mond zufrieden lächelte.

Wintersonnenwende

Mutternacht
Eine Tochter wird geboren

Die heiligste Nacht des Jahres, die Mutternacht, eingebettet in die 13 Weihenächte der Wintersonnenwende, nahte. Das Licht hatte von Woche zu Woche abgenommen, aber nun war der Geburtstag des neuen Sonnenlichts nicht mehr fern. In Erwartung auf diesen hohen Feiertag wurde schon vier Wochen vorher ein grüner Kranz an die Haustür gehängt, der die Eintretenden an den Jahreskreis, als Symbol des Lebens erinnern sollte.

Innen in der warmen Wohnstube, wo sich zur Winterzeit das Leben hauptsächlich abspielte, war ebenfalls ein runder Kranz aufgestellt worden, den vier Kerzen zierten. Die Zahl vier war von alters her eine heilige Zahl, denn sie symbolisierte die vier Elemente, die vier Jahreszeiten, die vier Himmelsrichtungen und auch die vier möglichen Bestattungsbräuche.

Jede Woche bis zu den heiligen Mutter-Weihenächten wurde eine neue Kerze angezündet. Hagazussa, Chiara und Schwarz-wie-die-Nacht waren die vier Wochen voll damit beschäftigt, liebevolle Geschenke für die BewohnerInnen des Rosenheckenapfelgartens aber auch einige engere Freunde in Wald und Flur und im Dorf Segensreich zu gestalten.

So wurde der nun fertig gegorene Apfelwein aus den Bottichen in schön beschriftete Flaschen abgefüllt, Marmeladen- und Honiggläser mit phantasievollen Etiketten versehen, Kräuterbüschel individuell zusammengestellt und mit bunten Bändern zusammengehalten. Tinkturen, Salben und Öle wurden abgefüllt, Geschenkkörbe mit Weiß-, Rot- und Wirsingköpfen gepackt, Tüten mit Plätzchen fertig gestellt und schließlich noch Getreidegaben für die Vögel und Nusspakete für die Eichhörnchen bereit gelegt.

So wie Frau Sonne mit ihrem Licht und Mutter Erde mit ihrer schwarzen fruchtbaren Humuserde den BewohnerInnen des Hauses Sternenlicht im Mondenschein all die Früchte im Übermaß geschenkt hatte, so wurden nun viele dieser Geschenke an diejenigen weitergegeben, die vielleicht selbst nicht so reich beschenkt worden waren. Während der Geschenkevorbereitungszeit wurde viel gesungen und Chiara konnte gar nicht genug davon bekommen ihre Sonnwendlieblingslieder wieder und wieder zu singen, je nach Stimmungslage mal in Moll und mal in Dur.

Dieses Jahr war jedoch ein besonderes Jahr und je mehr die Mutternacht nahte, desto unruhiger schien Hagazussa zu werden. Immer wieder stand sie am Fenster und schien in die Natur hinauszulauschen. Am Morgen der anstehenden Mutternacht schien jedoch alle Unruhe von Hagazussa abzufallen. Zielstrebig heizte sie den Ofen mit großen Scheiten von Buchenholz ein, so dass genügend warmes Wasser für ein Bad zur Verfügung stand, bereitete in der Wohnstube ein Lager aus zahlreichen stützenden Kissen und legte Tücher aus Leinen bereit.

Am Nachmittag zog sie sich in den hintersten Winkel ihrer Kräutersammlung zurück, öffnete verschiedene Gläser, schnupperte an ihnen und entnahm verschiedene Mutterkräuter, wie die Mutterblume Pulsatilla, das Mutterkraut Artemesia, das Mutterkraut Herzgespann und auch ein wenig Mutterwurz, die auch Bärwurz genannt wurde, weil deren Wirkung schon bekannt war, als die Bärenmütter noch die heiligen Höhlen von Mutter Erde mit den Menschen teilten.

Aus all dem kochte Hagazussa einen Sud in ihrem uralten Kessel, rührte alles neunmal links herum und dann neunmal rechts herum, damit alles mit rechten Dingen zugehen konnte und in die richtige Ordnung fand. Dabei sprach sie Segenswünsche über ihrem Kessel aus und bei jedem

Segenswunsch antwortete der Kessel mit einem tiefen Blubb, als wolle er Hagazussas Wirken immer wieder bestätigen.

Chiara und Schwarz-wie-die Nacht schauten, ganz gegen ihre Gewohnheit, dem magischen Treiben Hagazussas andächtig zu. Diese Ruhe wurde, gerade in dem Moment, wo Frau Sonne am Horizont zu versinken schien, durch ein Rauschen in der Luft draußen im Rosenheckenapfelgarten, gestört. Hagazussa, Chiara und Schwarz-wie-die-Nacht eilten zur Tür und konnten in dem Dämmerlicht gerade noch erkennen, dass der Adler Albatros im Garten gelandet war, auf seinem Rücken eine junge Frau.

Hagazussas Augen glänzten vor Glück, als sie zu dem Adler mit der jungen Frau eilte, denn die junge Frau war nicht irgendeine Frau, sondern Luna. Luna, deren Mut die Drachen vor dem bösen Zauberer Belial gerettet hatte und die nun nach einer dreijährigen Lehrzeit bei der Alten vom Donnerberg zurückkehrte, zurückkehrte ins Mutterhaus zu ihrer Mutter Hagazussa. Das war das Geheimnis, dass Hagazussa so lange gehütet hatte! Welch eine Wiedersehensfreude für Mutter und Tochter, die eine schier endlose Zeit ohne einander hatten auskommen müssen, nur verbunden durch ein lautloses magisches Band.

Doch, als ob das nicht schon Freude genug gewesen wäre, stellte sich nun heraus: Luna kam nicht allein. Sie hatte, verborgen und geborgen in ihrem Leib, eine Frucht mitgebracht, eine Leibesfrucht, denn ihr Leib war rund gewölbt. Nach den Liebesnächten mit einigen attraktiven Männern im Frühling dieses Jahres, hatte sich ein neues Erdenkind angekündigt, denn das Heilige Blut der Frauen hatte bei Lun ausgesetzt und ihr Leib hatte in neun Monaten ein neues Wunder des Lebens ausgeformt. Nun schien die Zeit reif zu sein. Das neue Erdenkind wollte den Leib der Mutter verlassen, wollte abgenabelt werden, um ein selbstständiges Leben führen zu können, selbstständig, aber doch geborgen im Clan der Mutter.

Wie in den Alten Zeiten üblich, sollte die Geburt des neuen Erdenkindes natürlich auch im Haus der Mutter stattfinden. Und so kam es, dass Luna nun mithilfe des Adlers Albatros in Hagazussas Haus Sternenlicht im Mondenschein gelandet war.

Hagazussa war nicht nur selbst eine erfahrene Mutter und eine begnadete Heilerin, sondern auch eine erfahrene Hebamme. Und sie stand auch nicht alleine in dieser Welt. Auch wenn die Zeiten des bösen Zauberers Belial, der die Drachen und deren uralte Mutterkraft über so lange Zeit gefangen gehalten hatte, sie von ihrem eigenen Clan getrennt hatte, lebte Hagazussa in dem sicheren AhnInnenbewusstsein magisch verbunden zu sein, mit der Mutternabelschnur des Lebens, in das alle Menschen nun mal hineingeboren werden.

Nun war aber keine Zeit zum Träumen und zum Nachsinnen über die Netzzusammenhänge des

Lebens. Tatkraft war gefragt! Hagazussa, Chiara und der Rabe-Schwarz-wie-die-Nacht halfen Luna von dem Adler Albatros herunter und geleiteten sie ins Haus, in dem in der heiligen Mutternacht alles für die Geburt eines Kindes vorbereitet war. Der Hoppel-Popeline-Clan kümmerte sich um Albatros und versorgte den treuen Adler, der mit Luna eine weite Wegstrecke zurückgelegt hatte, mit Speis und Trank.

Hagazussa, die nach einer innigen Umarmung ihrer lang ersehnten Tochter, begleitet mit Küsschen hier und Küsschen da, sich kundig vergewissert hatte, dass mit Mutter und Kind alles in Ordnung war, ließ ein nach Lavendel duftendes Bad zur Entspannung ein, in das sich Luna nach dem langen Flug wohlig sinken ließ. Hagazussa holte den Kräutersud, den sie im Laufe des Nachmittags, die Situation erahnend, für die werdende Mutter vorbereitet hatte vom Herd in der Küche. Zusammen, im Rhythmus der Wehen atmend, bereiteten sich nun Mutter und Tochter auf die Ankunft des neuen Erdenkindes vor. Eine Vertrautheit verband beide miteinander, die keinen Schaden genommen hatte, auch wenn Mutter und Tochter sich lange nicht gesehen, nicht miteinander gesprochen, sich nicht berührt hatten.

Drei Jahre hatte Hagazussa geschwiegen, um die wichtige Aufgabe von Luna in der Stadt der Drachen nicht zu gefährden. Selbst am Drachenfest hatte sie sich nichts anmerken lassen, als alle über die mutige junge Frau sprachen, die den bösen Zauberer Belial in seine Schranken verwiesen hatte und immer noch niemand wissen durfte, dass Luna ihre Tochter war. Nun waren Mutter und Tochter, nach so langer Trennung, endlich wieder beisammen. Luna war erwachsen geworden und nun stand sie sogar selbst an der Schwelle Mutter zu werden. Welch ein Glück nach den zahlreichen Tagen und Nächten, wo Hagazussa gepürt hatte, dass ihre Tochter Gefahren ausgesetzt war, durch welche sie sie nur aus der Ferne magisch begleiten konnte.

Die Wehen wurden stärker, der Abstand der Wehen kürzer. So wie die Wellen des Meeres im steten Rhythmus sich an Land brechen, um sich dann wieder zurückzuziehen, so erschien Luna die Geburt ihres eigenen Kindes. In genau diesem Rhythmus atmend, begegnete Luna den Wel-

len, die ihren Körper durchflute-
ten. Die Badewanne hatte sie verlassen und, aufrecht gestützt
durch die vielen Kissen und Pols-
ter auf dem Lager, das Hagazussa für ihre Tochter vorbereitet
hatte, durchlebten Tochter und
Mutter gemeinsam den letzten
Teil der Geburt, bis eine heftige
Körperwelle das Kind schließlich
hinausgleiten ließ. Das neue Erdenkind wurde aufgefangen von
Hagazussas erfahrenen Händen,
die nun selbst die aufregende
Wandlung zur Großmutter erfahren durfte, wie ihre eigene Mutter damals bei ihrer Geburt und
wie all die Ahninnen vor ihr.

Voll Staunen über dieses immer-
während Wunder der Geburt,
legte Hagazussa das Kind auf den
Bauch ihrer Tochter und flüsterte ihr ins Ohr: „Luna, du hast
auch eine Tochter geboren! Wie

schön und welch ein Segen für uns alle!"

Da just in diesem Moment der erste Strahl der neuen Wintersonne sich durch das Fenster gestohlen hatte und nun auf das kleine Köpfchen der Neugeborenen traf, sagte Luna geistesgegenwärtig: „Mama, ich werde sie Solara nennen, passend zur Mutternacht der Wintersonnenwende". Einen Moment, der so lang wie die Ewigkeit schien, hielten Großmutter, Mutter und Tochter inne.

Dann ging Hagazussa mit der Frohen Nachricht von der Geburt einer Tochter hinaus in die Küche, wo Chiara, Schwarz-wie-die-Nacht, der Adler Albatros und der ganze Hoppel-Poppeline-clan ganz zappelig vor Aufregung gewartet hatten. Großer Jubel erfüllte das Haus und es dauerte nicht lange bis sich die frohe Kunde von der Geburt einer Tochter im Hause Sternenlicht im Mondenschein in Windeseile verbreitet hatte und alle Freunde des Hauses zum Gratulieren kamen:

Die Biene Nicolette brachte ihren ganzen Bienenschwarm mit, so dass eine Weile ein heftiges Summen den Wohnraum erfüllte. Die Waldfeen waren gekommen und bestellten liebe Weihemuttergrüße von der alten Eichenbaumahnin im Wald. Die Meisterin des Waldes und die Eichhörnchenfamilie Buschelschwanz hatten es sich nicht nehmen lassen, ihren Winterschlaf zu unterbrechen, um zu dem freudigen Ereignis zu gratulieren. Aus dem Dorf Segensreich kamen Biene und Bohne mit ihren Verwandten und Catharina, Margarethe und Barbara, die Bethenschwestern, mit dem Großvater Spring ins Feld, der inzwischen schon wieder problemlos laufen konnte. Die Kröte Esmeralda, die Familie Stacheligel, die Grille ZirpZirp, der Marienkäfer Pünktchen, die Blindschleiche Silberpfeil mit der altehrwürdigen Schildkröte Panzetta, der Gnom Dreikäsehoch und sogar der schwarze Drache Moritz waren ebenfalls zur Feier des Tages anwesend. Auch die Rehmutter Braunfell mit ihren Kitzen Hinz und Kunz und der Fuchs Besondersschlau fanden noch ein Plätzchen in der Nähe des Ofens.

Als nun alle beisammen waren, stimmten sie gemeinsam ein Segenslied an für die kleine Solara, die wohlig schlummernd im Arm ihrer Mutter Luna lag und auch für die neu geborene Wintersonne, die zeitgleich von Mutter Erde wiedergeboren worden war und für die Menschen das Versprechen bedeutete, dass sie in den Kreislauf des Lebens hineingeboren – geborgen waren.

Nach dem gemeinsamen Lied, das von der Grille Zirp Zirp mit der Violine und dem Marienkäfer Pünktchen mit der Pauke begleitet worden war, aßen alle gemeinsam eine warme Winterkohlkartoffelsuppe, die unter der sachkundigen Anleitung von Chiara und Schwarz-wie-die-Nacht vom Hoppel-Poppeline-Clan zubereitet worden war. Das Schmatzen allenthalben zeigte an, dass sie schmeckte.

Wer bei dem frohen Schmaus Zeit fand, auf Hagazussa zu achten, konnte erkennen, dass in deren Augen ein Glitzern lag, als ihr Blick über die illustre Runde schweifte und auf ihrer Tochter Luna hängen blieb. Ein Glitzern, das dem Glitzern der Sterne entlehnt zu sein schien, die bei Mondenschein auf dem Dach des Hauses Sternenlicht im Mondenschein glänzten.

Plötzlich wurde die beschauliche Situation durch ein lautes Hupkonzert gestört. Peterle, der jüngste des Hoppel-Poppeline-Clans, der seine anfängliche Schüchternheit vollkommen überwunden hatte, stürmte als Erster nach draußen. „Besuch!", rief er ganz laut und dehnte die Buchstaben des Wortes, soweit es ging.

Draußen stand ein altes Auto, das schon ziemlich klapprig schien. Am Steuer saß eine Frau.

Doch die Autotür wurde als erstes hinten auf beiden Seiten gleichzeitig aufgerissen und heraus stürmten die Zwillinge Ping und Pong, die tupfengleich aussahen. Das waren die Söhne von Iljara, der zweiten Schwester Hagazussas. Neben Iljara saß ein Mann. Das war Saro, der gemeinsame Bruder von Iljara und Hagzussa und damit sowohl der Onkel von Luna. als auch von den Zwillingen Ping und Pong. Die vier hatten nun, nach der Befreiung der Mutterkraft in der Drachenstadt es endlich auch gewagt, die schützenden Berge des Arapagebirges zu verlassen und die lange Reise angetreten, damit der Hagazussa-Clan, wie in Alten Zeiten wieder zusammen leben konnte.

Hagazussa liefen Freudentränen über die Wangen, als sie ihre Lieben, nach so langer Zeit, wieder in den Arm nehmen konnte. Jetzt müssen wir aber langsam anbauen, stellte sie mit Blick auf das Haus Sternenlicht im Mondenschein voller Tatkraft fest. Sie hakte sich bei Iljara und Saro unter und zog ihre Geschwister in die warme Stube des Hauses, wo die Zwillinge Ping und Pong schon hineingerannt waren und alle anderen, einschließlich Luna und ihre neugeborene Tochter Solara, darauf warteten, die Neuankömmlinge kennen zu lernen. Der Rabe Schwarz-wie-die-Nacht stimmte mit einem Krächzen das Lied an „Das Leben kann so schön sein", und genau das Lied passte wunderbar in diesen magischen Moment, denn, was kann schöner sein, als ein Beisammensein mit denen, die wir lieben und von denen wir geliebt werden?

Anhang

Erläuterungen

Nachdem die Patriarchatskritikforschung durch ihren interdisziplinären wissenschaftlichen Ansatz **Matrifokalität** als Fundament der Menschheitsgeschichte wieder frei gelegt hat, ist es heute auch wieder an der Zeit, nicht nur diese mütterliche Geschichte zu beschreiben, sondern auch neue Geschichten zu schreiben. Geschichten wie diese, die dieses alte, durch den Gewalteinsatz des Patriarchats verschüttete Wissen, vielen Menschen wieder zugänglich macht – auch unseren Kindern.

Matrifokalität bedeutet, dass Mütter einst im Zentrum der menschlichen Gemeinschaft standen, und, dass sich um sie herum Kultur entwickelte, eine Kultur des Lebens und zwar schon im Paläolithikum, der Altsteinzeit. Ein Teil dieser Kultur war auch Religion, eine Religion im Unterschied zu Theologie, die an den Zyklen und Beobachtungen der Natur ausgerichtet war. Eine Religion der göttlichen Mutter, die ich Religion von Gott der MUTTER genannt habe, weil sie ganz am Anfang von Religion steht, so wie die Mutter ganz am Anfang des menschlichen Lebens steht. Religion bedeutet nämlich anbinden, losbinden und zurückbinden und gemeint ist damit ursprünglich die natürliche Nabelanbindung an die Mutter. Hier wird deutlich, dass das, was uns heute als Religion verkauft wird, keine Religion sein kann, sondern politische Theologie, die widernatürlich und deshalb so zerstörerisch ist und tatsächlich nur die hierarchische Macht des patriarchalen Mannes zementieren sollte.

Der Gebärneid des Mannes ist dabei ein wesentlicher Faktor bei der Entstehung des Patriarchats, der Herrschaft der Väter, die sich über die Mütter gestellt haben und sich selbst durch irrwitzige Ideologien, die Natur missachtend, zu Schöpfern hochkatapultiert haben. Dass das nicht gut gehen konnte, können wir am desaströsen Zustand unserer heutigen, eigentlich wunderbaren, Welt jeden Tag selbst erfahren. Und deshalb ist es höchste Zeit dieser Zerstörung etwas entgegen zu setzen. Das Mittel dazu ist Sprache, Muttersprache. Mit dieser Sprache erzählen wir nicht nur unsere Geschichte, unsere mütterliche Herstory, die von der patriarchalen Geschichtsschreibung der History unterschlagen wird, sondern wir weben auch wieder Geschichten, wie Mütter es schon immer am Feuer getan haben.

Den interessierten LeserInnen sei die Literaturliste im Anhang zum Selbststudium empfohlen, das eine wesentliche Form der Selbstermächtigung ist. Selbstermächtigung, die nottut nach dieser Jahrtausende währenden Entmächtigung durch patriarchale Indoktrinationen.

An dieser Stelle muss auch der missverständliche Begriff Matriarchat genannt werden, der völlig ungeeignet ist, um die matrifokalen Lebensstrukturen zu verstehen. Matriarchat wird nicht nur umgangssprachlich immer als Umkehrung von Patriarchat verstanden, sondern ist auch, wenn die Definitionsebene von Heide Göttner-Abendroth, der führenden Matriarchatsbefürworterin im deutschsprachigen Raum zugrunde gelegt wird, stark patriarchal verseucht. Dies wurde bereits ausführlich begründet und ist nachzulesen bei Gerhard Bott in seinen beiden Bänden „Die Erfindung der Götter" (2009 und 2014), bei Gabriele Uhlmann in ihrem Buch „Archäologie und Macht" (2011, 2012, S. 80-81) und auf ihrer website, sowie in meinem Buch „Gott die MUTTER – Eine Streitschrift wider den patriarchalen Monotheismus" (2013, S. 49-61), in meinem Buch „Matrifokalität – Ein Plädoyer für die Natur" (2014 S. 18-28) und in meinem Buch „Der Muschelweg – Auf den Spuren von Gott der MUTTER (2014, S. 43-50).

Zur Autorin

Dr. Kirsten Armbruster ist Autorin der Muschelwegbücher, des Buchs „Gott die Mutter" und des ersten Buchs über Matrifokalität. Sie sieht sich in der Tradition der Hexen, die einst in der Naturreligion der göttlichen Mutter lebten, bevor das Patriarchat dieses uralte, in der Matrifokalität wurzelnde Kulturwissen vernichtete und dämonisierte. Sie ist aber auch durch ihr Studium der Agrarwissenschaften und einer Promotion in physiologischer Chemie Naturwissenschaftlerin und außerdem Mutter von vier, inzwischen erwachsenen Kindern.

Dieses, durch Vielseitigkeit geprägte Leben, prädestinierte sie dazu, sich dem interdisziplinären Wissenschaftsansatz der Patriarchatskritikforschung anzuschließen und heute zählt sie zu den führenden Patriarchatskritikerinnen. Ihre Forschungen trugen nicht unwesentlich dazu bei, die vom Patriarchat verdrängte und unterschlagene matrifokale Geschichte Europas und des Nahen Ostens wieder frei zu legen und insbesondere auch den Ursprung von Religion als mütterliche Religion von Gott der MUTTER zu rekonstruieren.

Danksagung:

Die Coverzeichnung für dieses Buch stammt von meinem Mann Franz Armbruster, dem ich für seine Unterstützung bei meiner Arbeit danke.

Weitere Veröffentlichungen der Autorin:

Je suis Charlène – Was Sie schon immer über Religion wissen wollten – Mit einem politischen Statement, Norderstedt, Norderstedt, 2015

Der Muschelweg – Auf den Spuren von Gott der MUTTER; Die Wiederentdeckung der matrifokalen Wurzeln Europas, Norderstedt, 2014

Matrifokalität – Mütter im Zentrum; Ein Plädoyer für die Natur; Weckruf für Zukunft; Norderstedt, 2014

Der Jacobsweg – Kriegspfad eines Maurentöters oder Muschelweg durch Mutterland? Die Wiederentdeckung der Wurzeln Europas, Teil 1, Norderstedt, 2013

Gott die MUTTER – Eine Streitschrift wider den patriarchalen Monotheismus, Norderstedt, 2013

Das Muttertabu oder der Beginn von Religion, Riedenburg, 2010

Starke Mütter verändern die Welt; Rüsselsheim, 2007

Weitere Informationen zur Autorin:

Blog:
kirstenarmbruster.wordpress.com

www.kirsten-armbruster.de
www.edition-courage.de
www.courageconsult.de

Facebook, Twitter

.

Weiterführende Literatur

Bott, Gerhard: Die Erfindung der Götter; Essays zur Politischen Theologie; Norderstedt, 2009

Bott, Gerhard: Die Erfindung der Götter Band 2; Norderstedt, 2014

Bott, Gerhard: www.gerhardbott.de

Uhlmann, Gabriele: Archäologie und Macht; Zur Instrumentalisierung der Ur- und Frühgeschichte, Norderstedt, 2011, 2012

Uhlmann Gabriele: www.gabriele-uhlmann.de

Blog: Uhlmann, Gabriele: wahrscheinkontrolle.wordpress.com

Bücher von Luisa Francia und www.salamandra.de

www.artedea.net

www.hexenworte.com